句集

紅薔薇

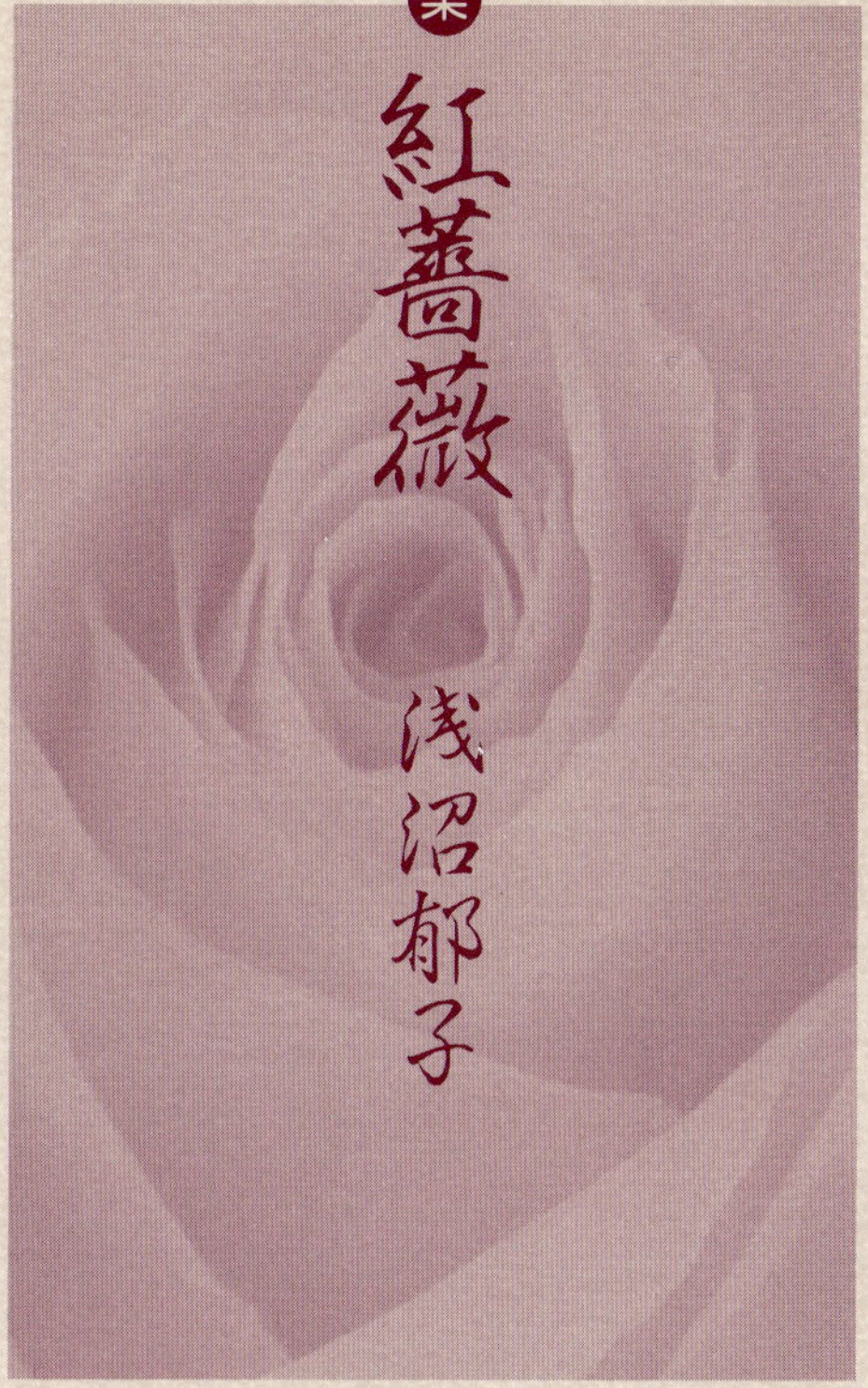

浅沼郁子

文學の森

序

高橋悦男

『紅薔薇』は異色の句集である。今まで、五十冊以上の句集の序文を書いてきたが、こんな変った句集の序文を書くのは初めてである。どこが変っているかというと、この句集は、初めから終りまで、看取りの句で埋めつくされているのである。まず、実母の看取り、次いで義母の看取り、そして御主人の看取りと、続けざまに三人の人を介護している。今の世に看取りをする人は多いが三人まで看取り、今なお看取りを続けているという人はそんなに多くはないであろう。浅沼さんの場合、ただ看取るばかりでなく、ご本人も病気で、入退院をされている。その病気も決して軽いものではない。こんな人は滅多に居ない。浅沼さんは、その看取りの日々を淡々と、しかし、しっかり句に詠まれている。

まず、実母の看取り、

看取る日々文字摺草の咲き継ぎぬ
医療ミスの母に付き添ふ小望月
秋晴や看取る日終り何をせむ

次いで義母の看取りが始まる。

さくらんぼたわわに実り母病めり
もの言はぬ母の手に置くさくらんぼ
枕辺に青りんご一つ母逝けり

これらの看取りの句にまじって次のような句がある。

啓蟄や病衣を脱ぎて退院す

看取りをしながら、自分も入院するような病気をしているのである。しかし、浅沼さんという人は、そういう大変な事情を抱えながら、それを一切口に出さず、いつもにこにこしている。だから、はた目には、浅沼さんは、何の御苦労もなく、幸せなのだという印象を受ける。内心の苦労や悩みを外に表わさない。たくましいというか、気丈というか、まれに見る自制心の強い、しっかりした人だと思う。

実母、義母の看取りをしたあと、今度は御主人の看取りが始まる。これが並たいていではない。

すぐ逝くと言ふ夫諭し墓詣

波郷忌やいよよ寡黙に予後の夫

青枇杷や覚悟の夫の入院す

五月闇夫振り向かずオペ室へ

退院の夫の一歩や枇杷たわわ

三日早や付き添つて行く救急車

病む夫の足の爪切る小六月

早桜笑顔忘れし夫連れて

看取る日々涙の数だけミモザ咲く

夏果てや万羽となりし千羽鶴

半日は寝てゐる夫や半夏生

夫看取る非凡の日々や鰯雲

看取りは、今も続いている。この間、作者自身も入院し、

野分中病む夫残し入院す

車椅子で並び祝はる敬老日

相病みて労り歩む恵方道

などという句がある。

しかし、『紅薔薇』は、看取りや自身の病を詠んだだけの句集ではない。というより浅沼さんの本領は、むしろ看取り以外のことを詠んだ句にある。例えば、

ペリーロード行くつば広の夏帽子

という句、句集の初めの方にある句だが、浅沼さんらしい個性的な句で、暗い看取りの句と反対に、のびのびとしていて、光り輝いている。「つば広の夏帽子」は言うまでもなく作者本人。「ペリーロード」とは、伊豆下田市の了仙寺

から港へ通ずる、昔の花街の通りのことで、ペリーが下田で日米下田条約締結のため、ここを通ったことから、名付けられた。ペリーは、海軍士官として、あのナポレオンが被っていたような、山型の反りかえった帽子を被ってここを徒歩で歩いたと思われる。作者はその姿を想像しながら、つば広の帽子を被った自分を半分ペリーになぞらえながらペリーロードを歩いている。何と、奇抜でかつ機智に富んだ句かと驚かされる。

石畳ローマへ続く蟻の道

蟻の道がローマへ続くというのも奇想天外だが、「石畳」がしっかりと句を押さえている。ローマはヨーロッパを征服したが、征服先からローマへ続く道を築いた。そして雨が降ってもぬかるまないようにその上に石畳を敷いた。蟻の道をローマへの道に結びつけた発想も新しいが、「石畳」が画龍点睛で一句をしっかり引きしめている。うまいだけの句ではなく、奥が深い。浅沼さんならではの句と言ってよい。

風立ちて野火の焔の二股に

奇想天外な発想の句がある一方で、浅沼さんにはこういう地味な写生句もある。地味だが、的確に野火を描いて間然するところが無い。まず「野火」と大きく捉え、「焔」と絞り、更に「二股に」と焦点を絞っている。まことに巧みと言わざるを得ない。

夏の蝶空に紛るる高さまで

「空に紛るる高さまで」は、夏の蝶の実態を詩情をこめて捉えている。浅沼さんの句は写生が的確なだけでなく、その中に詩情があり、ロマンがある。次の句も、そういう浅沼さんの俳句の特徴を備えた面白い句だ。

寝姿山飛び起きさうに大花火

先に引用した下田黒船祭を詠んだ句で、この日の俳句大会で高得点をとり、下田市長賞に輝いた句だが、これも浅沼さんらしいスケールの大きい句で、かつユーモアがある。寝姿山というのは、下田の市街を見下ろすようにそびえている岩山で、その格好が女性が仰向けに寝た姿に似ているところから寝姿山と呼ばれて親しまれている。黒船祭の夜、その麓で花火大会が行われる。花火は下田湾を囲む山々に反響して驚くほど大きな音をたてる。「寝姿山飛び起きさうに」はまさに実感だが、十七回もこの花火大会に毎年四十名以上参加、合計七百名以上の人がこの花火を詠んでいるが下田の花火をこのように詠んだ人は未だ一人も居ない。浅沼さんならではの機智に溢れた一句と言える。集中、多くの佳句があるが、私はこの句が一番好きである。

浅沼さんはこれからまだまだ伸びる人である。浅沼さんの今後の活躍に期待したい。

平成二十六年十二月

句集　紅薔薇／目次

装丁　巖谷純介

句集

紅薔薇

平成十六年〜十八年

平成十六年

高層のビルに富士置き冬晴るる

好きな歌口ついて出る冬至風呂

蜜柑むく母は童女になり給ふ

平成十七年

身の程の思ひに沈む久女の忌

まんさくや気骨の花の捩れ咲く

立春大吉娘の婚約に鯛届く

月うさぎ下りて来さうな花月夜

笑み交はすのみに行き交ふ花の道

娘の未来祝ふミモザの咲き満てり

夫と行く試歩のひと時風光る

百歳の媼の搗きし蓬餅
山藤のからまりもつれ咲きのぼる

幸せか否か五分五分新茶汲む

看取る日々文字摺草の咲き継ぎぬ

千里結婚　二句

道路鏡に映る青葉と婚の列

聖五月嫁ぎ行く娘の目に涙

退院を急く身仕度や原爆忌

医療ミスの母に付き添ふ小望月

母逝く　四句

月天心母死すてふ電話鳴り響く

白菊に埋もるる棺の母若し

秋晴や看取る日終り何をせむ

揺り椅子に母の匂ひの冬帽子

日々好日てふ掛軸を買ふ冬賞与

平成十八年

初暦母の忌日をまづ記す

喪の庭の笑ふ埴輪に初明り

願ひ事一つ減りたる初詣

寒牡丹に執着して開く
母の星光るミモザの花明り

手作りの雛人形の首傾ぐ

一本の白布となりて春の滝

山の端に届かず春の虹消ゆる
通勤の夫にまつはる飛花落花

牡丹咲く蕊沈金の輝きに
花朱欒実とならぬまま散りにけり

まづ父の続いて母の蛍舞ふ

父の日や掃除ロボット母に買ふ

笑つても消えぬ痛みや梅雨に入る

青年の眼をして夫の白絣

母の名の残る表札門火焚く

送火や煙の先に母の背な

大文字焼正面に見る峡の宿

片貝花火

地鳴りして四尺玉の大花火

酔芙蓉朱の極まりて落ちにけり
この軒を終の栖とちちろ虫

世界一といふ吊橋で見る秋の虹

秋分や母の遺愛の火鉢着く

蓼科高原　二句

十三夜標高二千の露天風呂

一位の実食む甘しとも苦しとも

身に入むや着替へを持ちて夫見舞ふ

夫の平癒念じ無患子の念珠買ふ

一山の燃え立つほどの紅葉晴れ

ポンカンの種と煩悩吹き飛ばす

引き揚げのロシア毛布の古びけり

極月や子はホノルルのマラソンへ

平成十九年〜二十年

平成十九年

諒文　三句

血脈を継ぐ嬰の生れて年明くる

生後十日ほどの嬰にもお年玉

はつそらの雲の白さの産着買ふ

手作りの藁より縒りし注連飾

料峭や吉良邸跡の十坪ほど

下田　二句

黒船で湾内クルーズ建国日

師の句碑へ続く坂道草萌ゆる

春コートの色に合はせてルージュ引く

あたたかや写メールでくる嬰の写真

春の夜や耳底に母の口三味線

二千年の桜千年の松従へて

垣の薔薇紅蓮の炎となりて散る

紅薔薇を夫から貰ふ誕生日

苦も楽も問はず語りや新茶汲む

無医村の島に枇杷の実鈴生りに

義母　三句

さくらんぼたわわに実り母病めり

もの言はぬ母の手に置くさくらんぼ

枕辺に青りんご一つ母逝けり

嬰の歯の一本生えて夏終る

宮崎　四句

曼珠沙華杖突きて行く父母の墓

海亀の仰向けに死す台風過

やんま飛ぶ本丸跡の小学校

沢桔梗水無き堀に沿ひて咲く

うそ寒や破れしままの母の三味

姫君のひとり華やぐ菊人形

冬ぬくし嬰の笑顔に見舞はれて

綿虫や行く手行く手に漂へり

懐メロの軍歌すたれし憂国忌

風邪の子のホノルルマラソン完走す

熱燗や婚近き子の饒舌に

えら張りて父似の顔や冬至風呂

平成二十年

初詣神も仏も梯子して

初富士やフロントガラス一杯に

杉玉の幣の白さや初茜

下田　二句

春寒や早仕舞する土産店

春北風身を竦め見るイルカショー

啓蟄や病衣を脱ぎて退院す

鳥翔ちて列の乱るる花筏

鯉幟畳みて広がる空の青

禁食の後流動食古茶すする

売り言葉売らるるままに新茶汲む

聖五月子の婚約と猫の死と

ひと所水漬きて咲きぬ花茨

這ひ出してこの世窺ふ蟇

樟大樹三百年の大緑蔭

早苗田に泥ごと乾く耕耘機

杯上げて月下美人の咲くを待つ

母の絽をドレスに仕立て晴着とす

立石寺　三句

ひぐらしや寺一山をゆるがせて

つくつくし薄れて読めぬ芭蕉句碑

千段の参道仰ぐ秋日傘

うら生りの南瓜に支柱立ててやる

流灯の寄りて語らふごとく行く

雄一郎結婚　二句

神苑を婚の列行く菊日和

雁鳴くや婚終へし子の感謝状

悪妻でも良妻でもなく柿を剝く

海虹賞準賞　十句

節料理時々嬰に耳貸して

触太鼓四温の風に弾み来る

凍解の池に風紋戻りけり

春北風や天気図西高東低に

浮き島に重なり合ひて亀鳴けり

吉凶にこだはる齢古茶新茶

ががんぼや脚の長さをもてあます

不可能も可能に見えて雲の峰

サングラスの奥に隠れし一本気

光と音のコラボレーション造り滝

松山城

冷まじや十間廊下に武具甲冑

源流は神話の里や神還る

三日月の零せし涙か寒の星

刻々と変はる風紋神の旅

病むことは生きることなり惜命忌

地に還す猫の遺骨や漱石忌

幸不幸隣合せや枯蓮

平成二十一年〜二十二年

平成二十一年

初詣茅の輪潜りて七列に

振つて買ふ干支の土鈴や初詣

三世代の夢それぞれに年明くる

公魚の眼の黒々と釣られけり

猫の恋咬まれ蹴られて終りけり

天上天下唯我独尊揚雲雀

河津　三句

燕来るヨットハーバーのある道の駅

春浅し大噴湯の大しぶき

鳥雲に入る千年の大蘇鉄

堰へ来て絆ほどける花筏

花の旅婦唱夫随を旨として

上田城・松本城　三句

重文てふ太鼓櫓や燕の巣

山城の三千本の飛花落花

古写真に話の弾む古茶新茶

日光　二句

杉並木日本一の大緑蔭

一山の金銀若葉光り合ふ

下田黒船祭　五句

開国の空に脚無き虹立てり

毛虫這ふ下田奉行の五輪塔

ペリーロード行くつば広の夏帽子

フィナーレは湾を揺るがすスターマイン

投げキスに投げキス返すペリー祭

故郷より快気祝のさくらんぼ

睡蓮の蕾数へて買ひにけり

京都祇園祭　三句

山鉾の退きて進みて辻回る

門限は十時と言はれ宵宮へ

大車輪軋ませ祭動き出す

記憶みな母に繋がる鳳仙花

白糸の滝縫つて飛ぶ赤蜻蛉

リフォームする終の栖や鉦叩

鶴亀のカステラ届く敬老日

落鮎の落ちつくしたる淵の色

仕立て直す母の形見の秋袷

埒のなきことに涙し虫時雨

海虹賞佳作　七句

料峭や廃墟となりし温泉街

春疾風とろ箱の飛ぶ魚市場

鳥影に飛びつく猫や春障子

燕や軒並み低き旧街道

晴れ男と言ひ張る夫や花の雨

花舗に買ふ四つ葉ばかりのクローバー

幸せは十人十色古茶新茶

読み返す父の遺筆や一葉忌

飼猫のカイゼル髭や漱石忌

高幡不動

奉納の名入り提灯冬日差す

下積みを知らぬ来し方冬至風呂

ふた親の亡くて故郷の山眠る

落葉道日なたなた日なたなたと歩みけり

飼猫のトリミングして年用意

平成二十二年

天心に月を戴く初詣

句誌並べるための本棚買初に

恵方とは二人で歩く一本道

禁煙の夫の繰り言二月尽

啓蟄や老いで賑はふ接骨院

高遠城　二句

流刑地の本丸跡や花万朶

蒼穹に浮かぶ天守や飛花落花

蓼科高原　二句

就中庄屋屋敷の鯉幟

日矢差して桜若葉の金色に

下田黒船祭　四句

駅関所手形はパスモペリー祭

夏燕お吉が淵に翻る

ホルン吹く女水兵ペリー祭

豆州太鼓連打で果てるペリー祭

風立ちて漣走る大植田

早産の嫁を労るさくらんぼ

石畳ローマへ続く蟻の道

半夏生不在投票病室で

ゲリラ豪雨暴れ尽くして梅雨明くる

母似とはつひに言はれず魂迎

富士見えぬ三日の旅やつくつくし

曼珠沙華地の果てまでも朱に染めて

大水車に並びて回る芋水車

放水のサイレン響く下り簗

沖縄　二句

やんま飛ぶ琉球王の館跡

晩夏光海に向き立つ館墓

桜紅葉筏をなして流れ来る

売地札立ちて三年鳥渡る

身に入むや朱の色褪せし伊能地図

女王てふ錆鮎故郷より届く

三家族総出で並ぶ福袋

第二十六回海虹賞受賞作　二十句

足腰に走る痛みや多喜二の忌

ぎしぎしに占領されし管財地

ほぐれんと光を溜めてチューリップ

藩主像見下ろしてゐる奴凧

茶柱のことは告げずに新茶汲む

禁煙の夫病みがちに古茶新茶

ポケットに映画の半券更衣

天辺は雲に紛れて朴の花

学ランと角帽と恋虫干しす

故郷の風の色して合歓の花

向日葵畑広がる国境検問所

選ばれてエイサー踊る夏帽子

すぐ逝くと言ふ夫諭し墓詣

酔芙蓉夕陽吸ひ込み閉ぢはじむ

激戦の海平らかに星祭

大波のしぶくがさまに乱れ萩

露けしや父の遺せし金時計

木の実落つでんでん太鼓打つごとく

大理石の臼で餅搗く農業祭

秩父吟行　三句

野葡萄を摘めばたちまち色褪せて

柿たわわ廃屋目立つ蚕飼村

身に入むや石に戻りし標石

一つ聞き三つ忘るる木の葉髪

檻の虎腹出して寝る小六月

芭蕉忌や病みて膨らむ旅の夢

波郷忌やいよよ寡黙に予後の夫

叱られて爪研ぐ猫や漱石忌

声掛けて位牌を磨く事始

平成二十三年〜二十四年

平成二十三年

生きて来しやうに老いゆく恵方道

亡き母の老いの戒め読初に

七草の七割引きを買ひにけり

弱音吐く夫を労る寒たまご

青き踏む父親譲りの扁平足

紅白梅咲きて定まる峡の空

風立ちて野火の焔の二股に
陽の当たる幸せに咲くすみれ草

白木蓮ただ忍従と言ふ色に

病むことも婦唱夫随に四月尽

大貴

歯一本生え初めし嬰や初端午

鮑尽くしの会席膳や誕生日

高幡不動　二句

師の句碑を見てより参る若葉寺

若葉寺夫の平癒を祈願して

夫入院　七句

青枇杷や覚悟の夫の入院す

五月闇夫振り向かずオペ室へ

梅雨寒や術後の夫の目に涙

手術より夫蘇る梅雨晴間

退院の夫の一歩や枇杷たわわ

リハビリは仕事てふ夫風薫る

茅の輪くぐり夫の平癒の報告に

木下闇竹筒で聞く水琴窟

夏の蝶空に紛るる高さまで

試飲して金賞と言ふ麦茶買ふ

百日紅百日咲きて散り始む

夫の試歩に就き行く子等や盆休

故郷の風評被害の桃届く

鬼城忌や病後の夫の地獄耳

病室の四角い空を鳥渡る

名に魅かれ美男葛を買ひにけり

覚めてなほ夢の続きを菊枕

湯西川吟行　三句

箸袋に平家の家紋紅葉宿

揚羽紋の太鼓出迎ふ紅葉宿

闇深き落人の里虫すだく

夫婦して医院通ひや冬初め

戯れる猫叱りつつ毛糸編む

鹿児島　三句

冬麗や牛車で巡る武家屋敷

冬日差す軍服姿の西郷像

晴れ渡る空をとよもす鶴の声

猫に聞く句の出来栄えや漱石忌

平成二十四年

三日早や付き添つて行く救急車

薄氷つつけば空の粉々に

観光客集め山焼始まりぬ

旅立ちの蕉翁像に霾れり

白髪染めのおまけに貰ふ紙風船

遅桜予後儘ならぬ夫連れて

父似の顔母似の性格新茶汲む

母の日や安楽椅子を贈られて

下田黒船祭　三句

寝姿山飛び起きさうに大花火

下田市長賞

隠れ屋の土間の湯殿や黴匂ふ

血の色にお吉が淵の桜の実

鰻裂く錐で頭を固定して

宮崎

山百合の香に包まれて父母の墓

臼杵石仏　二句

炎日や杖突き巡る磨崖仏

石仏群蝮注意と札立てて

落下傘装着体験終戦日

忌を修す供花の桔梗は母の色

独り居に飽きて鬼の子顔を出す

伊勢神宮

秋気澄む白布囲ひの遷宮地

伊良湖岬

天高し風の岬の風車群

ロビーで買ふ地酒を夫に紅葉宿

奥日光吟行　四句

褪色のすすむ三猿そぞろ寒

山紫陽花色を残して枯れ初むる

金風や修復すすむ陽明門

木の実降る日本最古の孔子廟

支へられ千年桜返り咲く

病む夫の足の爪切る小六月

蔵出しの試飲に並ぶ冬帽子

二人居の同病かこつちやんちやんこ

平成二十五年～二十六年

平成二十五年

病み継ぎて四温日和を賜りぬ

今あるが至福と思ふ大旦

ファンファーレ聞こゆるごとし大初日

数多立つ野火の煙や富士晴るる

お帰りと猫の這ひ出る春炬燵

早桜笑顔忘れし夫連れて

座右の銘二転三転亀鳴けり

明暗をなひまぜにして霾れり

諒文

児の夢はお魚博士青き踏む

看取る日々涙の数だけミモザ咲く

行く春や病む夫に折る千羽鶴

初枇杷を食の細りし夫すすむ

付き添ひの日々にも慣れて夏に入る

癒えよとて夫の里よりさくらんぼ

大貴

アイパッド繰る二歳児や電波の日

家具捨てて病む夫迎ふ夏座敷

口あけて烏の歩む炎天下

手に取ればミンと鳴きけり蟬の殻

夏果てや万羽となりし千羽鶴

灯を消して病窓に見る大花火

丸刈の夫の弱音や敗戦日

野分中病む夫残し入院す

車椅子で並び祝はる敬老日

敬老日ネイルアートに華やぎぬ

秋晴や気晴らしに買ふ旅衣

行く末を読めず蓑虫引き籠る

躁鬱の躁に傾く菊日和

芭蕉生家と義仲寺吟行　二句

城跡へ続く色無き風の道

高石垣上り詰めたる蔦紅葉

大貴　三歳

車椅子の夫も加はる七五三

目で語る寡黙な夫や小六月

病室にキャンドルサービスサンタ来る

平成二十六年

病む夫の寝息確かむ去年今年

刀工作てふ爪切りを買初に

相病みて労り歩む恵方道

日に一個夫の気力に寒卵

蕗の薹和紙にくるまれ届きけり

叶はぬ夢繰り返し見る春炬燵

税申告済ませ夫待つ病室へ

囲碁を打つ父似の羅漢や木の芽晴

出不精は母の遺伝子蓬餅

行春や十日に一度富士見えて

見下ろして見上げて吐息花の山

ホットプレートで手揉みの新茶作りけり

下田黒船祭　三句

ペリーロード目玉飛び出し蟹走る

七島を指呼して探す夏帽子

卯波立つ沖に二艘の駆逐艦

親の顔呑み込みさうに燕の子

節々の不協和音や梅雨兆す

蜘蛛の囲の雨粒ビーズ細工めく

持ち帰る夫の病衣や梅雨晴間

半日は寝てゐる夫や半夏生

雲の峰大志抱きし夫病めり

病室に家族写真や星祭

答へ無き自問自答や流れ星

退院の夫を迎へる蟬時雨

刀より光る太刀魚賜りぬ

あわてん坊の鬼の子蓑を転げ落つ

夫看取る非凡の日々や鰯雲

豊の秋学生街にカレーの香

富士五湖吟行　二句

五合目へ落葉松黄葉の九十九折

朴落葉風生句碑に音立てて

大貴　四歳

病む夫を囲む写真や七五三

銘柄を大書して売る焼藷屋

則天去私の夫の寝顔や漱石忌

永別てふ定めに添ひぬ番鴛鴦

夫逝く　三句

逝く年や夫のモニター零となる

歳晩の街騒の中夫還る

逝く一人遺る一人や冬銀河

あとがき

平成十六年十月、青葉台カルチャーの俳句講座を受講し、そこで高橋悦男先生と巡り合いました。先生の懇切丁寧なご指導のお蔭で、俳句は段々私の心の中で大きく育っていきました。家族と行く旅の先々、自分で育てた花々や果実、日々の生活の中での発見と感動を言葉として句作りに励みました。

句集名『紅薔薇』は、

紅薔薇を夫から貰ふ誕生日

より付けました。句材を求めて私が行きたいと望む所へ同行してくれ、俳句のためにあらゆる協力を惜しむことのなかった夫への感謝の気持ちをこめて、この句を選びました。その夫が、大病に倒れ、余命を限られた時、どうしても夫に私の句集を見せたいという思いにかられました。

この度、この願いが叶い、本書を上梓することをお許しいただきました。

高橋先生には、ご多忙の折、選句をしていただき、身に余る序文を賜りましたことを篤く御礼申し上げます。併せて、句会、吟行を共にしてまいりました句友の皆様の支えと励ましに深く感謝申し上げます。

俳句道の難しさから、看取りの日々は八方塞がりに思える時もございますが、これからは、初心に戻り、また新たな一歩を踏み出して精進してまいりたいと存じます。

出版にあたり、「文學の森」の皆様に大変お世話になりました。心より御礼申し上げます。

平成二十七年初春

浅沼郁子

追補

残念ながら、夫は平成二十六年十二月三十日永眠いたしました。ただ句集が出ることは重々承知しておりましたので、句集『紅薔薇』を仏前に供え、読み聞かせてあげようと思っております。

著者略歴

浅沼郁子（あさぬま・いくこ）

昭和22年　大分県宇佐市生れ

　　　　　4歳で宮崎県延岡市へ

昭和45年3月　早稲田大学英文科卒業

平成16年10月　「海」入会

平成20年　「海」同人

平成22年　「海虹賞」受賞

平成24年　俳人協会会員

現住所　〒194-0044　東京都町田市成瀬 1-25-17

句集

紅薔薇《べにばら》

発　行　平成二十七年三月一日
著　者　浅沼郁子
発行者　大山基利
発行所　株式会社　文學の森
〒一六九-〇〇七五
東京都新宿区高田馬場二-一-二　田島ビル八階
tel 03-5292-9188　fax 03-5292-9199
e-mail mori@bungak.com
ホームページ http://www.bungak.com
印刷・製本　竹田　登

ISBN978-4-86438-410-0　C0092